(mit schwarzen Löchern!)
Steinsteppe
Blumenbeete
Flambias Vulkan
Siedende Sümpfe

Franziska Gehm

Die Vulkanos vertreiben die Drachenechse!

Bisher erschienen:

Band 1: Die Vulkanos pupsen los!
Band 2: Die Vulkanos sind bombig!
Band 3: Die Vulkanos lassen's krachen!
Band 4: Die Vulkanos brüten was aus!
Band 5: Die Vulkanos geben Gas!
Band 6: Die Vulkanos heizen ein!
Band 7: Die Vulkanos erobern eine Insel!
Band 8: Die Vulkanos vertreiben die Drachenechse!

www.dieVulkanos.de

Franziska Gehm

Die Vulkanos vertreiben die Drachenechse!

Illustriert von Franziska Harvey

Loewe

www.dieVulkanos.de

FSC
www.fsc.org
MIX
Papier aus verantwortungsvollen Quellen
FSC® C018236

ISBN 978-3-7855-8418-7
1. Auflage 2018

Umschlagillustration: Franziska Harvey
Umschlaggestaltung: Michael Dietrich
Printed in Poland

www.loewe-verlag.de

Inhalt

Wart ihr schon mal am Ende der Welt? Wenn ihr dort vorbeikommt, braucht ihr nur zweiundzwanzig Komma vier Schritte weiterzulaufen und fünf große Hüpfer zu machen. Danach geht ihr sieben Schritte rückwärts. Jetzt kneift ihr das linke Auge zu und dreht euch im Kreis. Dabei zählt ihr bis elf und schlagt drei Purzelbäume. Schon seid ihr da: im Land der Vulkanos.

Dort wohnt Krato. Er lebt mit seiner Familie in einem Vulkan. Neben dem Vulkan fließt ein rauschender Fluss. Auf der anderen Seite steht ein zweiter Vulkan. Darin wohnt Flambia mit ihrer Familie.

Krato und Flambia sind Freunde. Freunde, so dick wie der Zucker in der Zuckerwatte. Aber ihre Familien sind sauer aufeinander, so sauer wie saure Gurken. Die Erwachsenen haben sich gestritten. Worüber, wissen sie selbst nicht mehr so genau. Kratos Familie ist zu laut, zu ungesund und stinkeschmuddelig – findet Flambias Familie. Flambias Familie ist zu langweilig, zu ordentlich und so sportlich, dass man schon vom Zusehen Muskelkater bekommt – findet Kratos Familie.

Krato und Flambia finden das alles doof. Ob schmuddelig oder ordentlich – Hauptsache Vulkano! Denn Vulkanos haben Grips im Kopf und Mut in den Knochen. Aber vor allem haben sie eins: Feuer im Hintern. Wenn sie pupsen, stinkt es nicht, sondern es lodert!

Also auf geht's, mit Feuer ins nächste Abenteuer.

Drei – zwei – eins – pups!

Unheimliche Stille

Flambia rekelt sich und blinzelt. Die ersten Sonnenstrahlen spähen im Osten über den Horizont. Langsam verdrängt der Morgen mit seinem violetten Glanz die blassblaue Nacht.

„Krato!“, flüstert Flambia. Sie liegt Fuß an Fuß mit Krato in einer Hängematte in der Vulkankammer. Flambia hat bei Krato übernachtet. Besonders viel geschlafen hat sie allerdings nicht. Erst hat Krato ihr bis tief in die Nacht Witze erzählt (je tiefer die Nacht, desto schlechter die Witze!). Dann hat Opa Vulko angefangen, im Schlaf zu singen. Und seit einer Weile schnarchen Kratos Eltern um die Wette.

Doch
das ist nicht der
einzige Grund, warum
Flambia nicht mehr schlafen kann. Etwas ist anders an diesem Morgen. Flambia wälzt sich von einer Seite auf die andere. Sie starrt an die Decke, sie starrt auf ihre Fußspitzen. Sie pupst rosa Schäfchenwolken.

Schließlich hält sie es nicht mehr aus und

gibt Krato einen Stups. „Wach auf, Krato! Irgendwas stimmt hier nicht!“

Krato schmatzt, dreht sich auf die andere Seite und schläft weiter.

„FRÜHSTÜCK!“, zischt Flambia.

Sofort sitzt Krato kerzengerade in der Hängematte. Der kleine Hausdrache Smok, der auf Kratos Kopf geschlafen hat, blinzelt verwirrt. Krato sieht sich nach der Mahlzeit um. „Was? Wo? Hunger!“

Flambia schüttelt den Kopf. „Kein Frühstück.“

Krato lässt sich enttäuscht wieder in die Kissen fallen. „Wieso weckst du mich dann?“

„Weil hier irgendetwas komisch ist“, flüstert Flambia mit großen Augen.

Krato runzelt die Stirn und schielt nach links und rechts. Seine Eltern schnarchen so laut im Chor, dass ihre Hängematte wackelt. Opa Vulko nuckelt am Daumen und lächelt im Schlaf. Alles normal.

Aber Flambia hat recht.

Irgendetwas ist anders als sonst. Und zwar draußen, im Tal der Vulkanos. „Hörst du das auch?“, fragt Krato.

„Was?“ Flambia spitzt die Ohren.

„Na, nichts!“

Flambia zieht die Augenbrauen hoch. „Du fragst mich, ob ich *nichts* höre?“

„Genau. Da draußen ist es ruhig. Unheimlich ruhig“, sagt Krato.

„Der Fluss!“ Flambia hüpft aus der Hängematte. „Er rauscht nicht mehr!“

So ein Mist!

Krato und Flambia klettern den Schlot hinauf. Smok fliegt voraus. Die Freunde schwingen sich über den Kraterrand und blicken ins Tal. „Ach du dicker Pups!“, ruft Krato und kippt fast vom Vulkan.

Flambia starrt auf den Fluss. Sonst rauschte dort das Wasser. Aber jetzt ist das Flussbett trocken. „Wo ist das ganze Wasser hin?“

„Vielleicht hat jemand den Stöpsel gezogen", meint Krato.

„Oder die Drachenechsen haben das Wasser ausgetrunken", überlegt Flambia laut.

„Eine Dürre hatten wir jedenfalls nicht. Sehr seltsam." Kratos Blick schweift in die Ferne, zur Nebelpampa, die im Norden ans Tal der Vulkanos grenzt. „Was ist denn das? Guck mal, sieht aus, als würde ein Misthaufen im Fluss liegen!"

„Der verstopft den ganzen Fluss! Deswegen haben wir kein Wasser mehr", ruft Flambia.

„Los, das sehen wir uns aus der Nähe an.“ Flambia späht fragend zurück in den Krater.

Krato schüttelt den Kopf. „Schlafende Eltern soll man nicht wecken.“

Die Freunde rutschen den Vulkanhang hinab und marschieren am Flussufer entlang auf den gewaltigen Misthaufen zu.

„Vielleicht wurde ein kleiner Vulkan angeschwemmt?“, wundert sich Flambia.

„Oder ein riesiges Tier hat sein Geschäft mitten in unserem Fluss gemacht“, überlegt Krato laut.

Je näher sie kommen, desto größer wird der Haufen und desto vorsichtiger schleichen die Freunde. Schließlich bleiben sie direkt davor stehen.

„Das ist ein riesiger Berg aus Gerümpel“, stellt Krato fest. „Äste, Blätter, Schrott, Treibgut, Müll … Sieht aus, als hätte jemand einfach alles, was irgendwo herumlag, zu einem Haufen aufgetürmt.“

„Frechheit, mitten in unserem Fluss!“ Flambia stemmt die Hände in die Hüften.

Smok sieht den Gerümpelberg böse an.

Krato rüttelt daran. „Das ist doch Mist, so ein Misthaufen!“

Plötzlich schießen drei Köpfe aus dem Gerümpel.

„Guuu“, singt der Größte.

„Teeen“, singt der Mittlere.

„Taaaag“, fiept der Kleinste.

Die Wasserburg

Krato und Flambia machen vor Schreck einen Satz zurück. Smok flüchtet auf Kratos Kopf und hält sich an den Hörnern fest.

„Wer seid ihr denn?“, fragt Flambia.

„Ich bin Zacka“, sagt die Größte. „Und das sind meine Brüder, Smude und Lütti.“

„Ich kann reden selber! Wohl ja, wohl ja!“, sagt Smude.

Der Kleinste gluckst fröhlich und seine großen runden Augen strahlen, sodass Flambia und Krato den ganzen Mist samt Haufen kurz vergessen. Smok zwinkert Lütti zu.

„Wir sind Sampler. Die besten Sammler und Burg-Bauer der Welt!“ Zacka reckt den Kopf.

„Wohl ja!“ Smude nickt. „Und wer ihr seid?“

„Wir sind Krato und Flambia. Die besten Pupser der Welt!“, erwidert Krato.

Flambia räuspert sich. „Wir sind Vulkanos …“

„… und haben Feuer im Hintern“, fährt Krato fort, streckt den Po raus und pupst einen feurigen Beweis.

Flambia grinst mit schamroten Wangen und wedelt Kratos Qualm beiseite.

Smok rülpst ein flammendes Herzchen in Lüttis Richtung. Lütti klatscht vor Begeisterung.

„Schlecht nicht ist das!“, ruft Smude anerkennend.

„Ja, ja. Pups hier, Feuer da, puff, päng, schon klar. Aber wollt ihr meine tolle Burg sehen?", fragt Zacka.

„UNSERE, du meinst!" Smude deutet auf ein Loch im Misthaufen. „Spaziert herein!"

Krato und Flambia nicken. Sie waren noch nie in einer Wasserburg. Voller Neugierde zwängen sie sich durch das Loch ins Innere.

„Feurige Furzkanone!", staunt Krato. „Ihr habt ja alles Mögliche verbaut." Krato entdeckt einen Kochtopf in der Wand, der ihm bekannt vorkommt.

„Ist das eine Yogamatte?“ Flambia deutet auf eine lilafarbene Rolle, die ebenfalls in der Wand steckt. „So eine hat meine Oma auch.“

Smude schielt zu seiner Schwester. Zacka tut, als hätte sie nichts gehört.

Die Sampler decken den Tisch. Dabei ziehen sie alles einfach aus den Wänden, was sie brauchen. Löffel, Teller, Tassen, Schneeschaufeln, ja sogar einen Kaktus (als Tischschmuck). „Wir Sampler sind die besten Gastgeber der Welt“, sagt Zacka. „Gleich gibt es ein Festmahl.“

Flambia hebt die Hände. „Wir wollen nichts essen, wir haben ganz andere Sorgen. Stimmt's, Krato?“

Krato, der sich bereits eine Serviette umgebunden hat, blickt ertappt auf. „Äh … genau.“

„Ihr lehnt unsere Einladung ab? Pah!“ Zacka dreht sich beleidigt um und steckt den Kopf durch ein Loch im Sampler-Bau.

„Skandal das ist!“, sagt Smude.

Krato reißt sich die Serviette vom Hals und steht auf. „Nee, Skandal DAS ist: Ihr verstopft unseren Fluss mit eurer Hütte. Wir brauchen das Wasser, sonst kann mein Papa seine Felder nicht bewässern und meine Mama keine Brennnesselklopse mehr kochen."

„Nicht nur wir brauchen Wasser, auch die Drachenechsen weiter südlich in den Siedenden Sümpfen", fährt Flambia fort. „Die können sehr ungemütlich werden, wenn sie nichts zu trinken haben."

„Drachenechsen?", ruft Zacka, die immer noch hinaus aufs Tal der Vulkanos blickt. „Etwa solche da?"

Durstige Drachenechse

Alle stecken die Köpfe aus der Wasserburg. Tatsache. Durch das Flussbett stampft eine Drachenechse direkt auf sie zu. Ihre schweren Schritte lassen den Boden erbeben. Die Echse schnauft, ihre Augen funkeln gierig und böse.

„Die ist d-d-durstig“, haucht Flambia.

„Und w-w-wahnsinnig wütend", sagt Krato. Normalerweise fürchtet Krato sich nicht vor Drachenechsen. Also, nur ein bisschen vielleicht. Aber diese Drachenechse ist unheimlich groß und furchtbar schlecht gelaunt.

„Keine Panik auf der Sampler-Titanic, ich habe ein Händchen für wilde Tiere", sagt Zacka, taucht kurz ab in den Bau und mit einem langen Lasso wieder auf. „Ich zähme diese Drachenechse, passt mal auf!"

Smude verdreht die Augen. „Zacka, du nimmst Mund wieder voll mit dicken Worten!"

„Eine Drachenechse zähmen?“ Flambia schüttelt zweifelnd den Kopf.

„Die wird uns gleich mit ihrer klebrigen Zunge schnappen und als Rollmöpse zum Frühstück futtern“, ruft Krato.

Zacka lässt sich davon nicht aus der Ruhe bringen. Flink klettert sie durch das Loch nach draußen. Die anderen folgen ihr. Zacka macht ein Gesicht wie ein verwegener Cowboy, schwingt das Seil über ihrem Kopf und schleudert es auf die Drachenechse. „Zacka-Tschaka!“

Zack! Die Schlinge legt sich tatsächlich um den Hals der Echse. Zacka zieht am Seil. „Schön ruhig, du Schuppengaul!“, ruft Zacka und schnalzt mit der Zunge.

Das findet der Schuppengaul gar nicht lustig. Die Drachenechse hat auch keine Lust, sich zähmen zu lassen. Sie faucht noch zorniger, richtet die Stacheln auf dem Rücken auf und stürmt stinkewütend auf die Wasserburg zu.

Flambias Nase wird schlagartig weiß. „Oh manno“, haucht sie und schielt zu Krato. Er sieht sie voller Panik an. Was können drei Sampler und zwei kleine Vulkanos gegen eine ausgewachsene, wütende Drachenechse tun? Eine Drachenechse, die gerade mit Karacho auf sie zustürmt?

Im selben Moment hellen sich Kratos und Flambias Mienen auf. „FEUER!“, rufen die Vulkanos gleichzeitig, strecken der Drachenechse ihre Hinterteile entgegen und pupsen, so feurig, wild und kräftig sie nur können. Es lodert, böllert, knallt und zischt.

Smok ist sofort mit dabei und rülpst kleine blitzende Feuerbälle.

Die feurigen Popo-Kanonen treffen die Drachenechse mit voller Wucht. Sie zuckt zusammen, jault auf und versucht, den Feuerpupsen auszuweichen. Doch es sind zu viele. Die Drachenechse faucht, dreht sich wild um die eigene Achse und stürmt schließlich davon.

„Wohl ja, wohl ja!“, jubelt Smude. „Ihr pupst sie weg!“ Plötzlich hält er inne.

Ein Ruck geht durch die Wasserburg. Sie knirscht, sie bröckelt, sie wackelt. Dann setzt sich der ganze Haufen in Bewegung, samt Vulkanos und Samplern. Krato und Flambia können sich gerade noch an irgendwelchem Gerümpel festhalten.

Zacka hält das Seil fest umschlungen. Die Drachenechse schleift die Wasserburg hinter sich her durch das Flussbett.

Ein unglaubliches Schauspiel

Alle klammern sich an die ruckelnde Wasserburg und schreien wie von Sinnen. Nur Zacka steht kerzengerade mit dem Seil in der Hand da.

„Zacka, lass das Seil los, sofort!“, ruft Krato.

„Ich habe sie gezähmt!“, frohlockt Zacka. „Ich habe alles im Griff! Ich bin die beste Drachenechsen-Zähmerin der Welt! Zacka-Tschaka!“

„Zacka-Kacka!“, schimpft Smude. „Du gar nichts im Griff hast, du einen an der Waffel hast!“

Lütti wimmert verängstigt. Smok legt seine Flügel schützend um den kleinen Sampler.

Lautes Geschrei, Geböller und Gestampfe hallen durch das Tal und bleiben nicht unbemerkt. Kratos Eltern und Opa Vulko stecken die Köpfe aus dem Vulkanschlot.

„Das muss ein böser Traum sein“, murmelt Kratos Papa, als er Richtung Fluss sieht.

„Ich glaub, auf meiner Brille läuft der falsche Film!“, krächzt Opa Vulko.

Auch Flambias Eltern und Oma Etna werden von dem Lärm geweckt. Sie blicken ins Tal und reiben sich verwundert die Augen. Ein unglaubliches Schauspiel findet dort unten statt.

Oma Etna bleibt der Mund offen stehen. „Ist das da unsere Flambia, die auf einem Misthaufen sitzt und von einer Drachenechse durchs Flussbett geschleift wird?“

„Natürlich mit Krato, diesem Lausebengel“, sagt Mama Magmalia. „Ich verwette meinen Gymnastikball darauf, dass er daran schuld ist!“

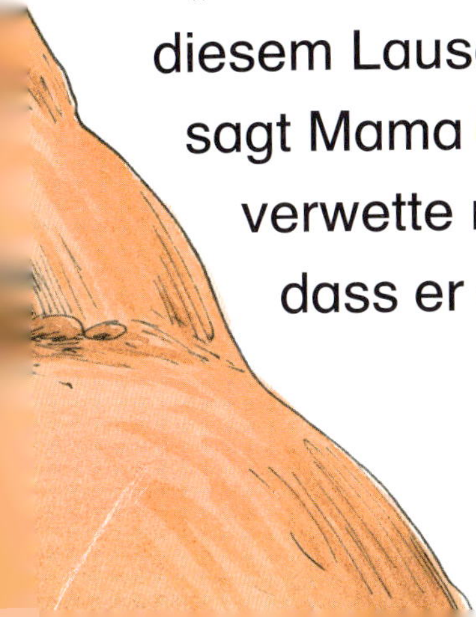

Die Drachenechse rast das Flussbett entlang. Die Wasserburg wackelt und rumpelt hinterher. Krato und Flambia pupsen einen feurigen Böller nach dem anderen, mittlerweile vor lauter Angst.

Krato schlottern die Knie. Er mag kaum hinsehen. „Immerhin, es kann nicht schlimmer werden!“, ruft er laut, um Flambia und sich selbst zu beruhigen.

Doch Krato irrt sich. Die Drachenechse wird immer schneller und brüllt ohrenbetäubend laut. Krato und Flambia drehen sich nach der Echse um. Genau das aber ist ein Fehler. Ein Fehler, der sie alle in eine brenzlige Lage bringen wird.

Die Wasserburg in Flammen

Krato und Flambia starren die Drachenechse mit weit aufgerissenen Augen an. Doch jetzt pupsen sie direkt auf die Wasserburg. Es dauert nur Sekunden, und der Bau beginnt zu qualmen. Kurz darauf steht die Wasserburg in Flammen.

Smok
reagiert als
Erster.
Blitzschnell
nimmt er Lütti
huckepack
und fliegt
mit ihm ans
rettende Ufer.
Keine Sekunde zu früh.

Smude sieht voller Panik auf die Flammen. „FEUER! ALARM! Gott, oh Gott, oh!“

„Ach du dicker Furz!“, schreit Krato, als er die qualmende Burg sieht.

„Oh manno, manno, manno“, zetert Flambia und hüpft von einem Bein aufs andere. Unter ihren Füßen wird es heiß.

Die Wasserburg brennt wie verrückt. Es knistert, qualmt und lodert. Die Flammen greifen um sich und schießen immer höher.

Der Sampler-Bau wird von Sekunde zu Sekunde kleiner. Einzelne Bauteile lösen sich, es bröckelt an jeder Ecke, brennende Balken fallen herab, es kracht und knirscht.

Nur Zacka und die Drachenechse lassen sich von dem Feuer nicht stören. Die Drachenechse stürmt weiter das Flussbett entlang. Zacka hält das Seil fest umschlungen und merkt gar nicht, dass ihre Füße schon qualmen.

Krato und Flambia, denen es sonst nicht feurig genug sein kann, wird die Lage langsam zu brenzlig.

„Wir müssen hier weg, sonst werden wir zu Lavamatsche!", ruft Flambia und klopft hektisch auf ihr Fell, auf dem ein Funke gelandet ist.

Krato sieht hastig zum Flussufer. „Zum Donnerknispel!“, flucht er und rauft sich die Ohren. Wenn er eine Sache richtig gut kann, dann ist es Feuer-Pupsen. Aber zum ersten Mal ist das total nutzlos. Schlimmer noch, die Pupse haben dieses Schlamassel ausgelöst!

Plötzlich krachen die kläglichen brennenden Reste der Wasserburg zusammen und lösen sich im Handumdrehen in Einzelteile auf. Tosend und rauschend bahnt sich das Wasser den Weg zurück ins Flussbett. Krato und Flambia reißt es auch die letzten Trümmerteile unter den Füßen weg.

Badesaison!

Krato schreit, strampelt mit den Beinen und greift nach dem erstbesten Halt, den er finden kann: Zacka! Mit beiden Armen klammert er sich an sie.

„KRATOOOO!“, schreit Flambia, stürzt sich auf ihren Freund und hält sich an seinem patschnassen Fell fest, kurz bevor die tosenden Wassermassen sie davonspülen können.

„Das ist doch nur Wasser!“, ruft Smude, als ihn die ersten Spritzer treffen. „Die Badesaison eröffnet ist!“, verkündet er, streckt die Arme und springt kopfüber ins Wasser.

Für Krato und Flambia, die nicht schwimmen können, ist allerdings nie Badesaison. Flambia klammert sich an Krato, Krato klammert sich an Zacka. Zacka klammert sich an das Seil. Die Drachenechse zerrt alle drei über den Fluss. So schnell, dass sie mit ihren Füßen über die Wasseroberfläche schlittern.

Zacka kreischt vor Freude. „Schneller, du Schuppengaul!“, ruft sie. „Ich bin die beste Wasser-Schlitterin der Welt!“

Flambia kreischt auch. Erst vor Angst, dann wegen dieses seltsamen Kribbelns, das das Rauschen der Wellen in ihrem Bauch auslöst.

„Ich kann über Wasser laufen! Ich bin ein Held!“, ruft Krato und strahlt.

Kratos und Flambias Familien haben das Geschehen voller Anspannung verfolgt. Erst jetzt erwachen sie aus ihrer Schockstarre.

„Warte, mein Sohn, ich hole ein Seil, ich fische dich da raus!“, ruft Papa Erupto, verschwindet kurz im Vulkan und kehrt mit verwirrter Miene wieder zurück. „Seltsam, das Seil ist nicht mehr da.“ Sein Blick fällt auf das Seil in Zackas Hand. Es kommt ihm sehr bekannt vor.

„Flambia, halte durch!“, ruft Oma Etna vom anderen Ufer. „Ich werfe dir eine Rettungsmatte zu!“ Oma Etna klettert schnell in den Vulkan, kommt aber mit leeren Händen zurück. „Wieso ist denn meine Yogamatte nicht mehr da?“, wundert sie sich.

„Seil, Yogamatte, was wollt ihr denn noch holen? Eine Konfettikanone? Alles Schnickschnack!“, murrt Opa Vulko und fuchtelt aufgeregt mit den Armen. „Jemand muss die Drachenechse aufhalten oder diese Verrückte zur Vernunft bringen. Und wie es aussieht, bin ich das!“

Graue Knüller

„Tatütata, Opi ist gleich da!“, ruft Opa Vulko, lässt sich auf seinen Hintern plumpsen und rutscht den Vulkanhang bis zu einem kleinen Felsvorsprung hinab. Dort hängt das eine Ende des Pupspendels, mit dem Krato und Flambia immer über den Fluss rutschen.

Einfach dranhängen und mit voller Pupskraft hinüber zum anderen Ufer!

Opa Vulko zupft sich am Bart. „Ein Plan, ein Plan, ein Plan wäre nicht schlecht … Ach was, der wird mir unterwegs schon noch einfallen", sagt er, hängt sich an das Pendel und schwingt sich Richtung Fluss, mit voller Pupskraft.

Nun ja, bei Opa Vulko kommen schon seit Jahren nur noch graue Wölkchen heraus, da knallt und böllert nichts mehr. Er schafft es gerade so bis zur Mitte, dann baumelt er über dem Fluss.

Die Drachenechse ist mittlerweile zwischen den beiden Vulkanen angekommen und hält inne. Krato, Flambia und Zacka plumpsen ins Wasser. Die Drachenechse schielt nach oben.

Opa Vulkos Beine zappeln direkt über ihrer Nase. Schon will sie ihre Zunge nach ihm ausstrecken, da ruft Opa Vulko: „Voller Opi-Pups voraus!“ Er drückt, so fest er kann, und eine gigantische dunkelgraue Wolke donnert aus seinem Po. Es rumst, knallt und qualmt.

Die Drachenechse brüllt vor Empörung: Dieser Opa hat ihr doch einfach mitten ins Gesicht gepupst! Bevor sie sich rächen kann, hat die Wolke sie schon eingenebelt. Die Echse japst nach Luft und versinkt röchelnd im Fluss.

„VOLLTREFFER!“, freut sich Opa Vulko. „Echse versenkt! Von wegen, meine Pupse sind keine Knaller mehr! Habt ihr das gesehen?“, ruft er den Zuschauern auf den Vulkanhängen zu.

Doch Oma Etna, Flambias Eltern und Kratos Eltern interessieren sich weder für Opa Vulkos Volltreffer noch für die Drachenechse. Entsetzt beobachten sie, wie Krato und Flambia untergehen. Kratos Hörner und Flambias Haarschleife sind das Letzte, was die Familien sehen, bevor sich Opa Vulkos graue Monsterwolke wie ein dichter Nebel über den Fluss legt.

Der schwarze Schweif

Opa Vulko sieht betroffen auf den dicken grauen Nebel unter sich. „Schockschwerefurz! Krato! Flambia! Wo seid ihr?"

Doch niemand antwortet. Niemand taucht aus der grauen Wolke wieder auf. Krato, Flambia, Zacka, ja sogar die Drachenechse sind verschwunden. Nur das Rauschen des Wassers ist zu hören.

„Vulko, du Knattergreis!“, zetert Oma Etna. „Das war kein Volltreffer, das war eine volle Katastrophe! Wenn Krato und Flambia jetzt den Bach runtergehen, ist das deine Schuld!“

„Sei ruhig, du tattrige Turn-Tante. Ich wollte doch nur helfen …“

Opa Vulko sieht betrübt nach unten.

Auf einmal zischt etwas durch die Wolke. So schnell, dass Opa Vulko erst nur einen schwarzen Schweif erkennt. Doch je öfter der Schweif unter ihm vorbeisaust, desto sicherer ist sich Opa Vulko: „Smok, du bist es!“

Auf Smoks Rücken sitzt Lütti. Er hält Smok und sich selbst die Nase zu, damit der Opa-Nebel ihnen nicht die Sinne raubt. Smok fliegt im Zickzack durch die Wolke, durchkreuzt sie von einer Seite zur anderen, durchlöchert sie mit Loopings und Kurven und wedelt mit seinen Flügeln den stinkenden Qualm weg. Lütti gluckst und Smoks Ohren schlackern im Flugwind.

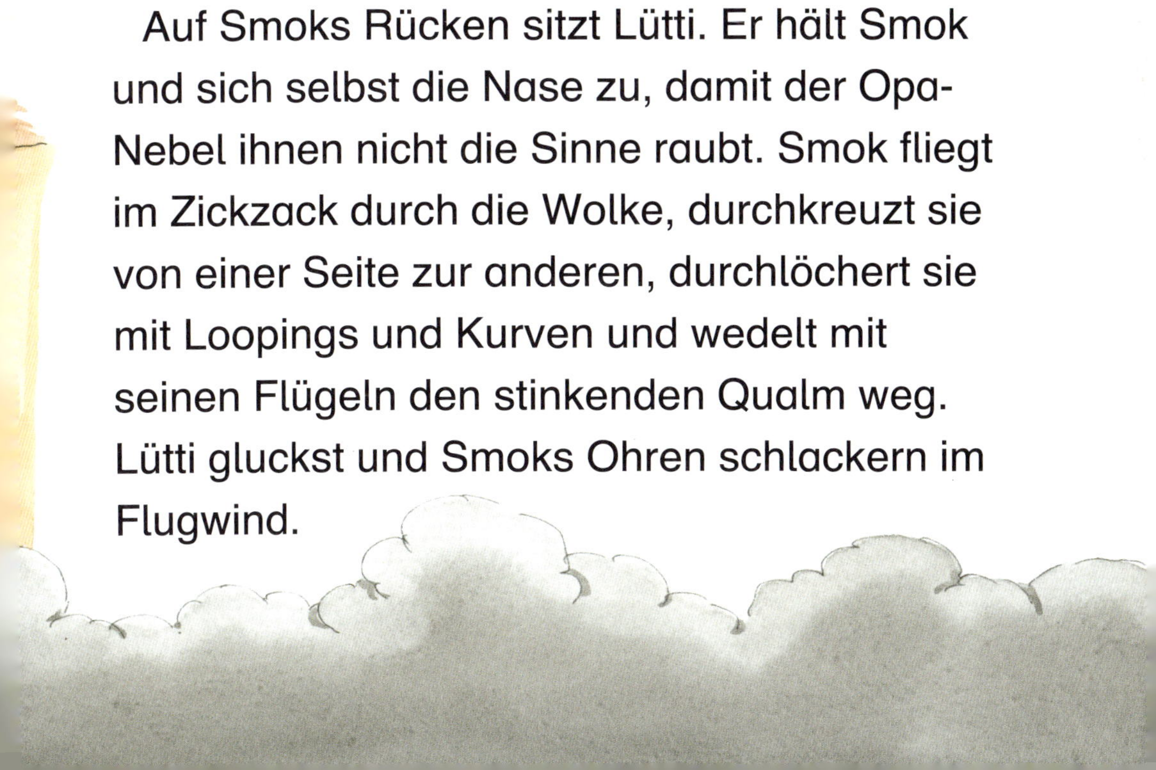

Oma Etna, Flambias Eltern und Kratos Eltern rutschen den Vulkanhang hinab und eilen ans Ufer.

„Smok, mein kleiner Freund, du schaffst es!“, ruft Erupto.

„Du bekommst von mir eine Extraportion Stachelbeerdornenmus!“, verspricht Mama Lavana.

Smok saust so schnell und wild durch die Wolke, dass Lütti auf seinem Rücken schon ganz schlecht wird. Es dauert nicht lange, und die graue Wolke löst sich wieder auf.

Dann wird es mucksmäuschenstill. Alle blicken gebannt auf den Fluss.

Was die Vulkano-Familien dort sehen, lässt sie aufatmen: Krato sitzt in einem riesengroßen Kochtopf und schaukelt auf den Wellen. Seine Nase schimmert etwas grünlich, aber ansonsten scheint er wohlauf zu sein. „Von wegen, Kochtöpfe sind nur zum Futterkochen gut!", ruft er den anderen zu.

Smude schiebt die pitschnasse Flambia gerade auf die Yogamatte, die wie ein Surfbrett auf dem Wasser schwimmt. „Danke, Smude“, sagt Flambia.

„Zu danken nichts.“ Smude lächelt.

Aus der Ferne erklingt ein zorniges Brüllen. Der Fluss hat die benommene Drachenechse bis zu den Siedenden Sümpfen gespült. Dort klettert sie an Land, schüttelt sich das Wasser von den Schuppen und würdigt die Vulkanos und Sampler keines Blickes mehr. Ihr Rücken ist gespickt mit Treibgut. Auf ihrem Kopf wackelt eine Tasse.

„Holla, die Furzfee, das ging ja gerade noch mal gut!“ Opa Vulko klatscht vor Freude in die Hände. Keine gute Idee. In der nächsten Sekunde stürzt er schreiend in die Tiefe und landet mit einem *Klatsch* auf der Yogamatte neben Flambia. Wasser schwappt auf die Matte, aber sie geht nicht unter.

„Hoppla, da ist wohl gerade ein Meister vom Himmel gefallen.“ Opa Vulko grinst entschuldigend.

„Runter von meiner feuerfesten Yogamatte, du oller Graufurz!“, krächzt Oma Etna vom Ufer.

Auf einmal taucht Zacka schnaufend aus den Wellen auf, streckt die Faust in die Höhe und ruft: „Zacka-Tschaka!“

„Du keine großen Wellen und Worte machen, Herzschwester, sondern mithelfen“, sagt Smude.

Smude und Zacka schieben Krato, Flambia und Opa Vulko zum jeweiligen Ufer – Krato und Opa Vulko zu Papa Erupto und Mama Lavana und Flambia zu Oma Etna, Papa Glazio und Mama Magmalia. Die Erleichterung und Freude ist riesengroß. Die Eltern umarmen ihre Kinder, rubbeln sie trocken und bedecken sie mit Küssen.

„Jetzt ist aber mal gut", wehrt Krato die Küsse seiner Mama ab. „Du machst mich ja nasser als der Fluss." Krato seufzt. Dass Helden aber auch immer so viel geküsst werden müssen!

Flambia kuschelt sich an ihren Papa, dessen Brille voller Wasserspritzer ist. Aber das ist ihm egal, Hauptsache, er hat seine Flambia wieder. Selbst Oma Etna hat ganz vergessen, dass sie Opa Vulko wegen seiner Monsterwolke noch eine Standpauke halten wollte, und krault Flambias Ohren.

So friedlich war es im Tal der Vulkanos schon lange nicht mehr. Nur Zacka steht am Ufer und guckt wie drei Tage Durchfall.

„Was los ist, Zacka-Tschaka?“, fragt Smude. „Guck, bei unseren feurigen Freunden ist Eierkuchen, Freude, Friede!“

„Pöh! Mir doch egal.“ Zacka rümpft die Nase. „Ich wollte die Drachenechse zähmen, nicht vertreiben, aber Opi hier hat mit seinem Graufurz alles vermasselt. Und überhaupt: Wo sollen wir jetzt wohnen?“

Neue Freunde

Smude lässt den Kopf hängen. „Leider du hast recht. Unser Zuhause ist kaputt.“

Zacka richtet sich auf. „Wir müssen weiterziehen und eine neue Burg bauen.“

Smude seufzt. „Schon wieder umziehen? Nö, ach!“

Auf einmal hören alle ein wohliges Fiepen. Es kommt von Lütti. Er kuschelt mit Smok. Smok hat die Augen geschlossen, seine Ohren wackeln vor Wonne.

Wie auf Kommando drehen alle Vulkanos die Köpfe zur Seite und stoßen beim Anblick von Lütti und Smok einen tiefen Seufzer aus.

„Ich glaube, euer kleiner Bruder möchte lieber hierbleiben“, sagt Flambia.

„Ja na … ist auch sehr schön, euer Tal …“, murmelt Smude und schielt zu seiner Schwester. „Und wir wären nicht alleine, wohl ja. Wir Freunde hätten.“ Smude grinst Krato und Flambia an und wird rot.

„Ganz genau, die habt ihr, darauf könnt ihr einen lassen!“, sagt Krato. „Und wisst ihr, was gute Freunde machen?“

„Wasserburgen abbrennen?“, fragt Zacka.

„Äh … ja, manchmal, aus Versehen. Aber sie helfen euch auch, eine neue Wasserburg zu bauen“, erwidert Krato.

„Genau“, sagt Flambia. „Schließlich haben wir eure alte abgebrannt. Außerdem können wir dann aufpassen, dass ihr nicht zufällig irgendwelche Kochtöpfe und Yogamatten einbaut, die euch gar nicht gehören.“

Smude mustert seinen großen Zeh.

Zacka räuspert sich und fragt schnell: „Aber ihr wollt doch bestimmt nicht, dass wir den Fluss verstopfen! Wo sollen wir unsere Burg bauen?“

„Genau da, wo sie vorher war!“, sagt Flambia und strahlt.

Alle sehen Flambia fragend an.

„Ich habe eine Idee. Kommt mit!“, sagt Flambia.

Die beste Burg

Krato, Flambia, Smude und Zacka sind den ganzen Tag beschäftigt. Erst suchen sie im Tal Baumaterial. Sie sammeln Äste, Blätter, Treibgut, Steine und Schrott. Dann schweißen Flambia und Krato mit ihren feurigen Pupsen Metallstangen aneinander, sodass ein Gerüst entsteht.

Das Gerüst reicht von einem Flussufer zum anderen. Darauf bauen die Sampler ihren neuen Bau. Sie stapeln, mauern und stopfen, was das Zeug hält. Schließlich ist die neue Wasserburg fertig. Stolz gucken Zacka, Smude und Lütti oben aus der Burg.

„Daaan“, singt Zacka.

„Keee“, singt Smude.

„Söööön“, fiept Lütti.

Wie Flambia gesagt hat, steht die Wasserburg an der gleichen Stelle wie zuvor, doch nicht im Wasser, sondern darüber. Eine Burg auf einer Brücke.

„Der neue Sampler-Bau ist viel besser als der alte“, stellt Zacka fest. „Und er ist viel größer!“

„Dann können wir einladen Freunde. Viel Platz für viele dicke Freunde“, wirft Smude ein.

„Ich liebe Einladungen“, sagt Krato und schmatzt vorfreudig.

„Und wisst ihr, was auch noch toll ist an der neuen Burg?“, fragt Flambia, flitzt auf die Brücke, rennt einmal durch die Burg und auf der anderen Seite wieder heraus. „Dass Krato und ich jetzt noch einen Übergang über den Fluss haben!“

„Das müssen wir feiern!“, ruft Krato. Krato liebt feiern. Bei Feiern gibt es immer etwas zu essen.

„Wir machen die bombastischste Burg-Einweihungsparty der Welt!“, verkündet Zacka. „Alle sind eingeladen. Außer der Drachenechse.“

Krato, Flambia und Smok feiern mit ihren neuen Freunden, bis die Sonne die eisigen Gletschergiganten im Westen in dunkelrotes Licht taucht und

schließlich hinter dem Horizont verschwindet. Sie futtern, lachen und tanzen, so wild, dass die Wasserburg wackelt. Aber kaputt geht sie nicht, denn diese Burg ist so gut gebaut, dass sie ganz lange hält. Wie hoffentlich auch die neue Freundschaft.

Habt ihr schon mal eine
Wasserburg gebaut?
Alles, was ihr dazu braucht,
ist etwas Baumaterial, am besten
aus dem Wald, vom Schrottplatz oder
aus der Küche eurer Eltern, und
einen Fluss oder Bach (gibt es in
der Natur oder im Internet). Wenn
ihr den Bach verstopfen wollt
(was eindeutig mehr Spaß macht,
es sei denn, eine Drachenechse ist
in der Nähe), stapelt ihr einfach alles
schön dicht ins Wasser. Bittet eure
Eltern oder ein paar Biber um Hilfe.
Ach nein, lieber nicht ...

Franziska Gehm wohnt mit ihrer Familie in einem Vulkan mit Dusche, Waschmaschine und Sandwichtoaster in der Nähe von München. Wenn sie gerade keine Bücher schreibt, brät sie mit ihren Kindern Brennnessel-Klopse oder hört Musik, dass der Vulkan wackelt.

Franziska Harvey wohnt im Dachgeschoss eines sehr alten Vulkans mit Blick über Frankfurt. In einer hübschen Vulkankammer im Hof malt sie manchmal so schnell so viele Bilder, dass das Papier glüht! Wenn sie freihat, jagt sie mit ihrem Hund über die Brennnesselfelder oder schleckt Stachelbeereis mit ihren Kindern.

... im Tal der Vulkanos!

Die Vulkanos halten zusammen wie Pups und Schwefel!

Band 7
ISBN 978-3-7855-8417-0

Eigentlich wollten Flambia und Krato nur ein bisschen Spaß haben, doch jetzt treiben die beiden zusammen mit Opa Vulko in einem Fass den reißenden Fluss hinunter. Sie gelangen in einen See mit einer geheimnisvollen Insel und einem echten Seeungeheuer, das die kleinen Fische bedroht – die Vulkanos müssen ihnen helfen, das ist klar wie Kloßfürze!

Nebelpampa
Eisige Gletschergiganten
Brennnesselfelder
Kratos Vulkan
Disteln
Stachelbeeren
Fluss